VENTE

Du Jeudi 22 Février 1900

HOTEL DROUOT, SALLE N° 10

à trois heures

TABLEAUX

MODERNES

Dessins, Aquarelles, Pastels

Mᵉ LÉON TUAL, commissaire-priseur

MM. FÉRAL, experts

CATALOGUE

DE

TABLEAUX

MODERNES

DESSINS, AQUARELLES, PASTELS

PAR

ALLONGÉ, BAIL (JOSEPH), BALLAVOINE, BOUDIN (E.), BOIVIN,
BRETON (ÉMILE), CALS, CHAIGNEAU, CINOZ (CLAUDE), DELPY,
FRANÇAIS, HUGUET, JACQUET, JEANNIN, MUNKACSY, PEZANT,
SINET, SISLEY, VEYRASSAT, WASHINGTON, YON

DONT LA VENTE AURA LIEU

HOTEL DROUOT, SALLE N° 10

Le Jeudi 22 Février 1900

à trois heures

<table>
<tr><td>COMMISSAIRE-PRISEUR</td><td>EXPERTS</td></tr>
<tr><td>Me LÉON TUAL</td><td>MM. FÉRAL</td></tr>
<tr><td>56, rue de la Victoire, 56</td><td>54, faubourg Montmartre, 54</td></tr>
</table>

EXPOSITION PUBLIQUE

Le Mercredi 21 Février 1900, de 1 heure 1/2 à 5 heures 1/2

CONDITIONS DE LA VENTE

Elle sera faite au comptant.

Les acquéreurs paieront *cinq pour cent* en sus des prix d'adjudication.

Paris. — Imp. de l'Art. E. Moreau et Cⁱᵉ, 41, rue de la Victoire.

DÉSIGNATION

TABLEAUX

ALLONGÉ

1 — *Rochers dans la forêt de Fontainebleau.*

   Signé à gauche.

2 — *La Vallée.*

   Signé à droite.

BAIL (JOSEPH)

3 — *Fraises sur une feuille de choux.*

   Signé et daté.

BALLAVOINE

4 — *Jeunes Femmes au bord de la mer.*

   Signé à gauche.

5 — *Promeneurs aux environs de Villerville.*

   Signé à droite.

6 — *Jeune Femme sur une route.*

   Signé à droite.

BOGGS

7 — *Cour, à Honfleur.*

  Toile. Haut., 46 cent.; larg., 32 cent.

8 — *Breck, à marée basse.*

  Toile. Haut., 65 cent.; larg., 49 cent.

BOIVIN

9 — *Une Halte à la fontaine (Tunisie).*

10 — *Montagne du Cap-Bon à l'aube (Tunisie).*

11 — *L'Entrée de Medhia (Tunisie).*

12 — *Une Vue à M'Cid dans le vieux Biskra (Algérie).*

BOMBLED (L.-C.)

13 — *Lion et Lionne.*

  Signé à droite.

BOMPARD (Maurice)

14 — *Un Déjeuner au désert.*

  Signé à droite.

BOUDIN (E.)

15 — *Plage d'Étretat.*

  Toile. Haut., 41 cent.; larg., 55 cent.

BOUDIN (E.)

16 — *Vaches au pâturage.*

> Toile. Haut., 41 cent.; larg., 55 cent.

17 — *L'Avant-port de Fécamp.*

> Panneau. Haut., 36 cent.; larg., 46 cent.

18 — *Environs de Dunkerque.*

> Signé et daté 89.

> Toile. Haut., 37 cent.; larg., 59 cent.

19 — *Vue du port du Havre.*

> Signé à droite.

> Bois. Haut., 27 cent.; larg., 21 cent.

BRETON (ÉMILE)

20 — *L'Orage.*

> Toile. Haut., 55 cent.; larg., 85 cent.

CALS

21 — *Nature morte.*

22 — *Le Chemineau.*

CAPELLI

(DEUX PENDANTS

23-24 — *Poules et Coqs.*

> Signés.

CHOCARNE MOREAU

25 — *Fleurs dans un pot de grès, mandoline et poupée chinoise.*

Signé à droite et daté 87.

CHAIGNEAU

26 — *Berger et son troupeau.*

CHARPIN

27 — *Troupeau aux champs.*

CINOZ

28 — *Barrage sur un cours d'eau.*

CLAUDE (Eug.)

29 — *Prunes dans un compotier, fruits divers et cafetière.*

Signé à droite.

DELPY (M.-C.)

30 — *Les Bords de l'Oise.*

Signé à droite.

DE DRAMARD

31 — *Dans la Rosée.*

FRANÇAIS

32 — *Le Ruisseau du Gehard.*
>> Signé à droite.

GEGERFELT (W. DE)

33 — *Bords de rivière, par un temps de neige.*
>> Signé à droite.

GALERNE

34 — *Les Bords de la Seine.*
>> Signé à gauche.
>>> (*Salon 1876.*)

35 — *Vue du Bas-Meudon.*
>> Signé à droite.

HUGUET

36 — *Ruines (Algérie).*

JACQUET

37 — *Buste de Femme en corsage rose décolleté*
>> Étude.

38 — *Jeune Fille portant un voile noir.*
>> Étude.

JEANNIN (GEORGES)

3g — *Oranges et Citrons.*
Signé à gauche.

INNOCENTI

40 — *Le Porte-Drapeau.*
Signé à gauche.

LASSALLE (LOUIS)

41 — *Les Bûcherons.*
Signé à gauche.

LENFANT DE METZ

42 — *Jeune Femme et son Enfant.*
Signé à droite.

LE ROY (JULES)

43 — *Chatte et ses petits, sur un coussin de soie.*
Signé à droite.

MAINCENT

44 — *Bords de la Seine.*

MALLET (LÉONTINE)

45 — *Le Déjeuner des rats.*
Signé à gauche.

MUNKACSY

46 — *Servante d'auberge.*

Haut., 53 cent.; larg., 35 cent.

PESCADOR SALDANA

47 — *Espagnole regardant une corrida.*
Signé à droite.

PETIT (Eug.)

48 — *Une Grappe de Malaga.*

PEZANT

49 — *La Sieste en été.*

5o — *Matin de novembre.*

SAUZAY

5 1 — *Bords de la Seine.*
Signé à gauche.

SCHOTT

52 — *La Lecture.*

53 — *Tête de Jeune Femme.*

SINET

54 — *Les Baigneuses.*

SINET

55 — *L'Enfant à la rose.*

56 — *Bords de la Marne.*
Signés à gauche.

SISLEY

57 — *Matinée d'octobre, à Sèvres.*
Haut., 50 cent.; larg., 65 cent.

SURAND

58 — *Le Toréador.*

TROYON (Attribué à)

59 — *Vaches au repos.*
Étude.

VEYRASSAT

60 — *Paysanne sur un cheval.*
Étude.
Signée à gauche.

WASHINGTON

61 — *Un Gué en Kabylie.*
Toile.

YON (Edmond)

62 — *L'Ognon, à Voichenans.*

63 — *Entrée de village.*
Étude.
Signée à droite.

64 — *Bords de rivière.*
Signé à gauche.

ZIEM

65 — *Navire entrant au port.*
Signé à gauche.

ÉCOLE MODERNE

66 — *Vue de la forêt de Fontainebleau.*

ÉCOLE MODERNE

67 — *Coquelicots et Marguerites.*

AQUARELLES, DESSINS
PASTELS

ALLONGÉ

68 — *Bords de rivière; effet de soleil couchant.*

> Fusain.
> Signé et daté 1874.

FLORENCE (P.)

69 — *La Marchande de pain d'épice.*

> Aquarelle.
> Signée à gauche.

HERVIER

70 — *Aquarelle.*

JACQUET (G.)

71 — *Buste de Femme.*

> Pastel.
> Signé à gauche.

SINET

72 — *Le Lever.*

73 — *Coucher de Soleil.*

74 — *Femme aux cheveux blonds.*

> Pastels.